KB202449

스탬프 씨, 안녕하세요?

오덕순 시집

현대시에서 펴낸 오덕순의 시집

어느 섬의 나이팅게일(2014)

시인의 말

새로운 언어의 알을 품고
내면 깊은 곳을 응시한다.

마음속에 여문 시의 열매,
오랜 시간의 심층을 뚫고
껍질 밖으로 톡톡 터진다.

심장을 치며 행간을 날아가는
시혼의 날갯짓 속에 꽃이 핀다.

꽃나무의 눈빛이 아리다.

2025년 3월
오덕순

차 례

● 시인의 말

제1부 나에게 돌아오는 나에게

제2부 스탬프 씨, 안녕하세요?

제3부 식물성의 어둠 속에서

제1부

나에게 돌아오는 나에게

날아가는 1초

나무의 뿌리가 정신의 줄을 바짝 당긴다.
시간의 귓바퀴에 걸린 바람 소리를 듣는다.

나뭇가지 위에 떨고 있는 기억
마른 물관을 건너가는 언어의 날개
숨을 가다듬고 자음과 모음의 눈빛을 담는다.

핏방울로 써 내려간 구름의 비망록
시린 계절의 구멍 속으로 연기를 풀어헤치고
움켜쥔 길을 놓아준다.

언어는 유리의 방에서
모래알 박힌 영혼의 숲을 스케치한다.

어두운 바늘귀에 한 가닥 빛을 꿰고
일순간을 응시하는 초침의 끝,
구멍으로 날아든 1초를 붙잡는다.

줄기 속을 지나가는

자꾸자꾸 나는 휘어지고 꺾어진다.
지금 껍질 속의 나와 결별하는 순간이다.
물컹거리는 내피의 감촉은 출렁인다.

빌딩의 각이 서로 교차점에서 미끄러진다.
하늘정원은 소리 없이 흐르고
나무의 물관은 한때 슬픔이었던 물방울을 길어 올린다.

초롱초롱 눈망울은 새로움으로 반짝반짝 떠오른다.
연초록 바람은 멈추지 않는 끝없는 움직임이다.
햇볕과 어깨를 맞댄 나뭇가지를 쓰다듬는다.

당장 사라지는 나의 일각과 맞닥뜨린다.
검은 머리카락은 어둠을 삭인 빛의 흔들림이다.
그늘을 지우는 뜰이 비스듬하게 기울어진다.

몸을 던지는 봄볕의 결말은 슬프지 않다.
마음의 둘레에 눈빛을 꽂는다.
마지막은 늘 처음의 길로 돌아간다.

나에게 돌아오는 나에게

꽃들의 표정은 나의 그녀의 얼굴이 될까요.
잎 속의 그녀의 나는, 입술을 깨물고 있어요.
줄기 속의 나의 그녀는,
고요 속을 걷는 당신의 눈빛을 꽃들에게
씨앗의 싹이 움트는 나의 마음으로
봄바람은 나의 그녀가 될 수 있을까요.

당신은 꽃나무의 입술을 탱탱하게 부풀려요.
껍질 속에 움츠린 그녀의 나는, 섣불리 당황하지 않아요.
때때로 당신의 당신은 혼자일 때 보여요.

껍질 밖으로 그녀의 나를 끄집어내요.
당신의 생의 한철을 꽃 이름으로 불러줄까요.
나의 그녀를 스쳐 가는 봄바람의 당신은 애매모호해요.
첫 행을 우물거리며,
눈을 감고 나의 그녀의 생각을 떠올려보아요.
당신은 아나요?
나의 첫 줄은 그녀의 마지막 행인 것을

스카프는 당신의 가늘고 긴 목을 두르며 나풀거려요.

4월의 꽃들은 환하게 웃고 있습니다.
나의 그녀는, 수면에 이는 물결로 출렁이며 반짝거립니다.
새들이 지저귀는 나뭇가지 끝에서
그녀의 나는, 소란한 꿈속으로
달아납니다.

그녀의 발자국 소리에 나는, 화들짝 깨어나요.

목구멍 속의 앵무새

접힌 목을 풀고 입을 열어준다.

맨입에서 꽃을 꺼낸다.
상자에서 앵무새가 나온다.

꽃과 앵무새가 사라진 건 잠시
거울의 눈은 나를 반사한다.

군더더기 붙어 있는 목젖 뒤에
아담애플,
사람을 닮은 자동인형을 넣는다.

거울에 덧붙인 나의 부록
내 안에 녹아내린
또 다른 나를 베낀다.

사이보그의 인공지능은
자동인형의 심장에 시詩를 이식한다.

술술 풀린 본문의 수수께끼

전자책에 각주를 단다.

억!

나한테 대박은 없다.

부록을 버린다.

풀린 목을 조르고 입을 닫아준다.

블랙홀

밤이 되면 나는 잠이 드는 달의 등을 껴안고 꿈의 나라로 돌아간다. 나의 검은 눈동자 안쪽으로 가장 빨리 숨은 빛 한 점, 밤하늘의 수면 위로 떠오른다.

나는 노란 기름띠를 두른 도넛을 입에 물고 검은 그림자의 눈동자 속으로 빨려 들어간다. 중심의 검은 그림자는 도넛의 구멍 같은 것.

어둠 속에서 빛나는 고양이의 눈으로, 목에 매단 방울로, 사람과 동물과 사물을 닮은 물체가 반짝거린다.

눈동자 속으로 아득히 휘어진 빛이 노란 기름띠를 이루며 지평선 위에 걸려 있다. 몸과 영혼은 중심의 검은 그림자 속으로 사라진다.

고양이 한 마리가 짤랑짤랑 방울 소리를 내며 꿈속을 걷는다. 아주 먼 곳에서 자동차 소리가 들려온다. 머리맡에서 자명종 시계가 울린다. 나는 일어나는 게 싫어, 더 깊은 수면睡眠 아래로 가라앉는다.

　다시 되돌아 나올 수 없는 먼 우주로부터, 나는 탈출할 수
없다.
　아무리 기다려도 빛은 나의 눈동자 속으로 전달되지 않
는다.

　눈가에 핀 노란 꽃잎이 검은 꽃술을 달고 있다.

오감의 싱크홀

몸의 틈은 검정의 사선이다.

폭삭 빨려 들어가는 구멍의 어둠
가늠할 수 없는 어둠의 깊이는
혼의 빛이 새어 나오는 몸의 집을 허문다.

핏방울 맺힌 태양의 심장이 파르르 떨며
붉은 사과로 익어가는 하늘의 노을
지문 없는 구름의 손은
햇살의 문장 한 줄 건져 올릴 수 없다.

볼 수 없는 세상의 풍경
맡을 수 없는 사람의 냄새
마실 수 없는 공기의 숨
들을 수 없는 가슴의 바람 소리
만질 수 없는 언어의 뿌리

황금시간을 놓쳐버린 도시의 거울은

목소리를 알 수 없는 얼굴을 비춘다.

꼭지 떨어진 사과처럼

앞쪽의 배경으로부터 점점 사라진다.

온기가 식어가는 체온

무겁지 않은 가벼움으로

얼음의 몸을 묻는 무덤

시작이 없는 길의 끝이다.

지상의 연기는 하양의 평행선이다.

파우치를 이해하다

상자 위에 작은 주머니가 놓여 있어요. 모서리는 닳아 실밥이 터졌어요. 그 물건 속에 무슨 내용을 담을 수 있을까요. 칸막이에 걸린 사물의 생각을 지워버려요.

서랍 속의 손은 꽃들의 희망 사항을 받아 적을 수 없어요. 우리는 한 번도 본 적 없는 얼굴의 잔영이 아닐까요.

목젖 뒤로 넘어간 까만 꽃씨, 혹시나, 싹을 틔울 수 있을까, 혼자 중얼거릴 뿐,
엄지와 검지는 웃자란 나뭇가지를 자르고 있어요, 존재하는 것을 놔두세요.

부유하는 미세먼지의 몽환은 검정빛의 환유?
거리에서 누군가 블랙 아웃! 피켓을 흔든다?

흐린 날이면 마스크를 쓴 공기주머니 속의 우리는,
양미간을 찡그리며 먹구름을 피해 달아난다.

거울 앞에서 화장을 지우는 한 여자의 뒷모습을 비추어본다. 낮달의 등을 반사하는 한 줄기 빛이 창문을 건너간다.

예측불허 미래엔, 나무들의 꿈이 꽃길을 따라 두 발을 들어 올리지 못하고,

서랍 속 상자 위에 누워, 몽환의 우물에 빠져버렸어요. 환상의 동아줄로 끌어올릴 수 없나요?

단 한 줄

가지 끝에 매달린 달그림자,
바람에 자꾸 흔들린다.

잠들지 못하는 불빛 한 점
은박지처럼 반짝거렸다 구겨진다.

틈이 벌어진 쪽문에 뒹구는 메마른 나뭇잎
손자국처럼 찍혀 있다.
불빛 고인 유리창이 얼룩으로 번지는 가슴을 비춘다.

밤의 창틀 밑으로 흐르는 숨소리
거울 속의 당신은 나의 단 한 줄,
검은 밑줄 친 어둠을 지운다.

은밀하고 암묵적인 별의 시점은
입장이 다른 달의 마음을 감춘다.

그 무엇으로 베어낼 수 없는 생명의 나무,

뿌리 쪽으로 뻗은 너의 발과
꼭대기 위로 올라가는 그녀의 눈,
나를 끈질기게 물고 늘어진다.
얼음처럼 으깨지는 허공을 응시한다.

찢어진 방충망을 빠져나가는
반쪽으로 갈라진 두 갈래 길
서로 마주치지 않는다.

생각을 주고받았지만……

— 해피트리

그 섬으로부터 나에게로 왔어요.

몇 년째 나와 함께 일가를 이루었어요.

계절이 바뀔 때마다 바람 소리가 흘러나오는 물받이 바퀴를 굴리며 유목민처럼 이동했어요. 물을 주며 자주 쳐다보고 푸른 잎의 귀를 만져주었어요. 햇살과 어깨를 맞대고 여백이 있는 거실의 감정과 베란다의 생각을 주고받았어요.

백색 소음에 길들여진

아파트는 단조롭고 메말랐어요.

푸른 잎은 맑은 눈을 가졌어요.

둥치와 줄기의 물관 속으로 스며드는 언어의 빛깔을 걸러내고, 가장 빛나는 해와 달과 별의 순간이 첫 줄을 길어 올려요. 웃자란 가지를 치면 뼈대만 남은 생장점이 연초록 잎사귀를 행갈이해요. 양손을 펴고 생장점을 받아줘요.

햇빛이 적고 바람이 안 통했나요?

솜깍지벌레한테 폭격탄을 맞았어요. 방치를 빌미 삼아 하얀 솜털이 반란을 일으켰어요. 퇴치 공방을 벌이다가 호흡이 멎었어요. 맥 빠진 뿌리가 찰나를 끝없이 생멸했어요. 어둠에 싸여 백골로 머무는 몸짓, 추억에 잠긴 달의 애도는 길었어요.

시간이 잘려 나간 빈 가지에 네가 걸려 있어요.

내 정수리 위에

바람 한 줄기
창문 밖에서 불볕의 부피를 부풀린다.

느린 걸음으로 사라져가는 그림자
시간은 그늘의 냄새를 가졌다.

햇덩이를 입에 문 초록의 혀는
눈동자 속에 비친
나무의 키를 키워 올린다.

펄펄 끓는 해에게
해독할 수 없는 꽃과 나무에게
낯모르는 나의 얼굴에게

길고 가느다란 나뭇가지 사이로
뜨겁고 날 선 꽃잎의 감각,
상처를 동여맨 뿌리는 통점의 중심에 닿았다.

속울음 슈아내는 초록 잎의 날개,
이착륙을 반복하다가
실핏줄 끊어진
하늘과 땅의 길 끝으로 돌아갈 때

정수리 위에 올라선 낮달
거짓말 같은 독毒의 문장이 녹아내린다.

하루가 가을의 빛으로

노랑이 고개를 숙인다.
파란 대궁에 걸린 달
까만 눈을 살짝 뜬다.

유리창에 설핏 내비치는
낮달이 햅쌀 한 봉지 건네는
바람을 등에 업고
햇살 한 됫박 담는다.
꽃이 잠금 열쇠를 푼다.

아직 나는 여린 흰, 작은 풀꽃
노랑을 다발다발 묶어 말린다.
줄기를 꺾는 창밖의 희고 시린 손
허리를 굽혀 태양을 굽는다.
하루가 가을의 빛에 갇힌다.

하늘에서
떨어뜨린 해바라기무늬 스카프

한 잎

저걸 주울까 말까,

아주 짧은 망설임이 번뜻

이마를 친다.

갈비뼈 밑에 어스름

선을 긋는다.

눈의 눈은 젖은 눈이다

눈을 치우는
손의 눈은
눈의 손이다.

부츠에 묻은
발의 눈은
발의 눈발이다.

눈의 눈썹을 밀고
푹 빠진
눈썹이 없는 눈을 쓸어낸다.

눈동자에 꽃잎을 꿰맨
울컥거리는 흰 핏덩이
움켜쥔 손바닥의 눈물

깃털만큼 가벼운
그러나 짓누르는

부러진 꽃나무의 복숭아뼈

습설의 살갗,

설편송이가 몸을 적신다.

25시의 달

시간 밖의 영혼,
0시를 걷고 있다.

허공의 외줄을 타는
그믐의 맨발
뒤꿈치를 펼쳐 보인다.

무명無明 한 필 짜는
생의 무늬,
슬며시 뼛속에 새겨놓는다.

손가락을 펴는 별빛
쟁반 위에 그림자를 얹어놓고
혼자, 밤의 문장을 읽어내린다.

쩍, 바닥을 드러내는
오래된 연못
장미가 똑, 떨어진다.

하현의 성소聖召,

새벽의 말을 틔우고 있다.

0.1초의 응시

흰 오리들이 한 줄로 서서
호수의 물살을 가른다.

분홍 발바닥을 뒤집는다.
마음을 나누는 눈빛
쏙, 품는다.

오리를 따라
나는 고요 속으로 빠져든다.
소요를 접은
나의 응시,
하얀 날개를 단다.

물결치는 0.1초의 간극
심장을 콩콩대며
떠다닌다.

서로를 끌고 당기는 물살

햇살을 물고 바람을 탄다.

물 먹은 시간의 부리 속으로
호수의 눈이 빨려 들어간다.

제2부
스탬프 씨, 안녕하세요?

맑은 날의 스카이라인

오피스 빌딩이 낮달의 등을 두드린다.
빌딩 숲 유리 벽에 걸린 새의 날개
무선 랜을 타고 물집처럼 부푼다.

햇살의 긴 혀가 나무줄기를 핥아댄다.
구멍 속에 부화하는 말의 씨앗
둥치에 꽂힌 어둠을 쪼아낸다.

길을 잃어버린 바람 한 줄기
에스오에스 보낸다?

조각배 한 척 하늘의 선을 물고
파도 소리가 철썩거리는 허공에 닿는다.

보도블록을 깨다

하늘이 안 보이는 블라인드 뒤에서 고층 건물의 각이 허공을 팽팽하게 잡아당기고 있어요. 구두 굽이 뒤축을 곧추세우며 뾰족하게 날 선 모서리의 각을 비켜 지나가요. 그녀가 닿는 발길의 간격은 촘촘해요. 그녀와 눈을 마주치지 않고 마음을 연결하는 벽의 문고리는 딱딱해요.

상공으로 들어오는 햇살이 다른 빌딩으로 각도를 바꾸어요. 자동문에 뺨을 부딪치는 30초, 활짝 열린 창문은 잿빛 공기를 쿨럭쿨럭 들이마셔요. 손으로 유리창의 안쪽을 매만져보아요. 어둠이 보조개에 고여요. 말랑하고 부드러운 자신을 잃어버렸어요. 장미 넝쿨이 벽을 더듬으며 기어가요. 붉은 모서리 틈에 자란 가시가 찔러대고 있어요.

그녀는 허공에 몸을 담그고 하루치 햇살의 질량을 부풀려요. 발자국 찍는 밑바닥이 다 깨어지고 부서져요. 어느새 보도블록이 무늬를 맞추며 짝을 찾아가요. 문득 창밖을 내다보니까 고층빌딩이 로봇처럼 서 있어요.

오늘의 무늬

자동문이 발자국을 지운다.
앞 사람이 목례를 하며 옆으로 비켜선다.
시곗바늘이 째깍거리며 바쁘다고 중얼거린다.

벽이 반짝이면 거울이 나를 쳐다본다.
시간의 벽에 걸린 하루의 얼굴은
초록의 생각으로 싱싱해지고
빨강의 감정으로 밝아진다.

손이 닿지 않는 공중에서
꿈은 하늘로 떠오른다.
줄을 그으며 시간을 끌어올리는
계단이 부풀어 오른다.

빠름의 속도는 지루하지 않다.
웃음 섞인 눈빛으로 바라보는 빌딩의 뜰은
구석의 그늘을 늘어뜨리며 해가 진다.
매달린 빛이 유리 벽 속에서 나를 반사시킨다.

다다를 수 없는 꼭짓점

남향은 북향과의 거리를 밀고 당긴다.

녹슨 철근처럼 휘어지고 기울어지는

검붉은 복도로 흘러간다.

손이 마주치며 거울은 벽을 거꾸로 비춰본다.

베이고 찢어지는 데칼코마니

먼지의 소문은 무성하다.

나는 보건소에서 탁구공처럼

나는 매일 백 개의 탁구공을 가지고 간다.

아침부터 탁구공 속에서 인공 부화하는 사람들의 말, 말
백 개의 탁구공이 점점 빨라진다.
이 방과 저 방 사이를 날아다닌다.

작고 가벼운 탄력적인 말의 공이 둥근 공의 말을
날쌘 공의 말은 모난 말의 공과 부딪히기도 한다.

폴짝폴짝 층계를 뛰어오르는 사람들의 탁구공
사람들은 달라도 탁구공은 하나
백 개의 탁구공도 하나일 뿐

내가 쏘아 올린 마지막 탁구공이
또 다른 사람들의 탁구공을 스파이크할 때
공중으로 날아간 말의 공이 사라진다.

오, 오후 여섯 시, 탁구공은 어디로 갔을까

주머니 속에 남은 탁구공 한 개

내일도 백 개의 탁구공이 우리 보건소를 날아다닐 것이다.

먼지의 방

벽에 걸어놓은 달력이 이번 계절을 넘긴다.
그녀는 소리 없이 당신에게 다가와
한 마디 툭, 미끼처럼 던진다.
당신은 그녀의 냄새를 낚아챈다.

아침이면 사무실 유리 테이블 위에 떠다니는 먼지,
햇살의 날개에 누워 비늘처럼 파닥인다.
당신의 오른손으로 콕 집어 든 물티슈 한 잎,
물비린내 풍기는 그녀의 손자국을 문지른다.

오늘도 좋은 하루, 해피투게더
부드러운 미소로 그녀는 발랄하게
당신의 안부를 묻는다.
매일 그랬지만 안개 낀 수묵화를 쳐다봤다.

매일매일 우리는
모두 모두 핑크빛이 아니다.

당신은 눈을 감고 그녀를 떠올려본다.

오전의 당신을 추억하고 있는

오후의 그녀를 걱정하며 점점 멀어진다.

저녁이면 창문에 내려앉는 어둠을 닦아낸다.

스탬프 씨, 안녕하세요?

그들은 물고기 모양을 A4용지에 찍고 있지요.
문서의 물고기는 어항 속의 금붕어를 닮았나요.
그날의 그들은, 그들만의 날짜를
한 손에 꿰차고 있지요.
아라비아숫자로 나열된 지느러미가 팔다리를 흔들어요.

그들은 자기들만의 작은 무늬를
자신을 닮은 그들만의 금붕어를
형형색색의 물감으로 그날만은
자신들의 이미지를 풀어놓지 않아요.

당신의 형상을 드러내는 상징물을 만들어보아요.
구체적인 서술어를 간략하게 해요.

금붕어는 새가 될 수 있나요.
날짜를 까먹은 당신은, 당신의 나이를 까먹어버렸나요.
어항 속에서 수평지느러미를 휘젓는 물고기는
비행기처럼 날아갈 수 없나요.

물속을 유영할 수 없는 모형 물고기와
하늘을 날 수 없는 모형 비행기 안의 그들은,
시간을 소모하며 날짜를 넘기고 있어요.
당신의 표정 없는 얼굴을 본뜨지 말아요.

그녀는 유리창에 입김을 불어 낙서를 남겨요.
안녕하세요? 당신은 말없이
그들의 자기들은 서로를 닮을 수 없는 작은 무늬들
어제를 지우고 오늘의 날짜를 찍고 있어요.

그림자를 스캔하다

유리창에 비친 그림자를 훔치고 있다.
단풍나무를 읽는 대낮이 덜컥 내려앉는다.

창밖으로 내 손가락은 미끄러진다.
아침에 피었다가 저녁에 지는 하루살이꽃 쪽으로
벽돌 건물이 매운 공기를 뿜어댄다.

우두커니 내 눈동자는 햇살과 눈빛을 교환하다가
척추가 휘어진 그림자를 조용히 끌어안는다.

철커덕, 철커덕, 소리를 열고 채우는
복사기 속에서 공기의 빛깔을 스캔한다.
순간순간 흑백과 컬러가 교차하는 색다른 종이 내음
권태로운 오후를 발랄하게 찍어낸다.

바람을 밀고 당기는 옆구리의 오른쪽과 왼쪽,
풍경을 창문 안으로 끌어들인다.
지루하게 좌, 우로 자세를 바꾸는

하루살이 떼들이 공중에서 소란하게 난리를 친다.

눈 속에 들어가는 먼지와 불빛,
어둠을 투시하는 심장의 안쪽이 흑과 백의 시간을 잘게
쪼갠다.

중심에서 테두리 밖으로
단풍나무 그림자를 자꾸 밀어낸다.

블라인드 뒤에서 낮달이 뜨다

식전 공복을 달래며
밤새 풀어진 정신의 노즐을 조인다.

썰렁해진 어두운 복도에 형광등 불빛을 깔아놓고
벽 거울은 무료하게 그림자를 반사하고 있다.

위층 앞쪽 책상은 느리게
아래층 뒤쪽 의자는 유쾌하게
발자국 없는 발과 다리를 지우고
계단과 난간 옆에서 속력을 올리는
엘리베이터를 갈아탄다.

창가에 놓아둔 채송화는
블라인드 뒤로 하얀 낮달을 불러온다.
순식간 오전 10시에 출근했다가 오후 2시에 퇴근하는
꿈을 꾼다.
좋아요, 번쩍 엄지를 치켜들고
새가 되어 허공을 날아다닌다.

칸막이 너머로 눈짓을 주고받으며
바람개비마냥 빙글빙글 돌고 도는 시곗바늘 사이로
해가 하늘 한가운데 솟아오르고 있다.

버티컬 블라인드 뒤에서 눈을 뜨는
낮달이 채송화 꽃씨를 낳고 있다.

그 많던 호랑이는 어디로 갔을까요?

마법에 걸린 금연클리닉 숲속,
호랑이가 나타났다 사라졌다 해요.

자작나무 가지 사이로 몽환적인 연기가 피어올라요.
한 모금 길게 뿜으며 흡연구역을 빠져나오는
현실 속의 애연가는 마지막 애인의 기억을 지우고 있어요.

말의 꽃을 피우는 금연상담사 앞에서
흡연 경력 삼십 년 호랑이가 꽃의 말을 터트려요.
검은 타르 쌓인 폐의 호기 일산화탄소 농도를 측정해요.
빨간 불이 들어오고 경고음이 울려요.
단번에 꼭 끊겠다, 굳은 결심하는 호랑이가 얼룩무늬 털
을 날려요.
누런 이빨로 자일리톨 껌을 우물우물 씹어요.
단물이 흐르는 금단의 열매를 따 먹어요.
한 개비 생각날 때마다 그리운 니코틴,
금단 씨를 유혹하는 중독은 달콤하고, 치명적이고 지독해요.
도마뱀 꼬리를 자르듯 단번에 끊어보지만

그리움은 달라붙어 떨어지지 않아요.

애인의 향기가 사라질 때까지 온몸을 들쑤시며 헤집어놓아요.

작심삼일째 금단 씨의 하루가 초조해지고 불안해져요.

깔딱 고개에서 숨이 차올라 깔딱깔딱,

중간지점에서 탈락하는 호랑이가 패자 부활전을 재시도해요.

한 번의 실수로 길을 잃어버린 수풀가,

광합성 내비게이션이 지도를 따라 길을 안내해요.

무성해진 가시덤불에 온몸이 긁히고 멍이 들어요.

깔딱 고개 쪽으로 부는 바람이

검푸른 금단의 추억을 날려 보내고 있어요.

자작나무 숲 밖으로 사라진

그 많던 호랑이는 어디로 갔을까요?

뻐꾸기가 된 우울증

창살무늬 안에 갇힌 사람이 있다.

공황장애와 우울증을 앓는 사십 대 초반의 남자가 문을 열고 물어본다. 여기가 4층 치매안심센터인가요. 1층 금연클리닉예요. 그는 헝클어진 머리카락과 덥수룩하게 자란 수염을 만지며 뻐꾸기처럼 깃털을 털어낸다. 컴퓨터 화면을 바라보는 나에게 주민등록증을 꺼내 보여준다. 옷에서 불안과 공포와 우울의 냄새가 배어 나온다.

온종일 집안에 틀어박혀 문밖으로 나오지 않아요. 여성기피증도 앓아요. 여자가 무서워 도망가요. 어머니와 대화를 하지 않아요. 어머니는 위층 아주머니하고 이야기해요. 불안과 공포가 심하게 밀려올 때 재떨이에 담뱃재가 쌓여가요. 매일 세 갑 피워요. 60개비? 폐 속으로 빨아들이는 연기에 숨이 턱턱 막혀요. 벽지가 노랗게 변해 버렸어요. 니코틴 중독에 빠졌어요. 제가 여자로 보이나요? 아뇨, 흰 가운 입은 간호사로 보여요. 부러진 날개를 접고 있군요.

어둠의 방에 자신을 가두고 게임의 환상을 즐기는 그 남자,

발작을 일으키면 심장이 두근거리고 손발이 떨린다.

그는 뻐꾸기가 되어 긴 회색 얼룩 꽁지를 파닥거리며

노란색 다리를 파르르 떨고 있다.

다른 새의 둥지 안에서 탁란하는 파란색 알,

가짜 어미 품에 둥지를 튼다.

꾸 꾸루룩, 소리를 내며 뻐꾹뻐꾹, 운다.

삐삐삐삐, 아들을 위로하는 어머니, 제가 잘못했어요.

우리 엄마는 진짜 아닌 가짜 같아요.

1층 흰 가운 입은 그 여자가 무서워요. 그는 뿔로 그녀의
머리를 들이받는다. 그는 깃털을 날리며 꽁지발로 빠져나간다.

방 안의 뻐꾸기 둥지는 파란색 알도 낳지 않는다.

터널증후군

손목의 터널 속으로 불빛을 풀어낸다.
어둠을 낚아 올린다.

검지는 왼편으로
중지는 오른편으로
클릭 횟수가 늘어날 때마다
힘줄이 부어오른다.

매끄럽고 부드러운 너의 등을 누른다.
터널 속에 갇힌 나의 시간
너는 나의 핏줄을 찌르고
나는 너의 미궁 속으로 빠져든다.

저건 새앙쥐의 웃음?
나를 덫으로 덮어씌운 채
보호대를 동여매고 꾹꾹 눌러 찍는다.

입 밖으로

센서를 달고 순간을 건져 올린다.

불룩 튀어나온 손목

거북이 등을 타고 엉금엉금 기어간다.

제로섬

엄지와 검지로 그리는 동그라미
제 빛깔을 채운다.

동전의 양면은 기쁨과 슬픔의 파이
동그라미 옆에 동그라미를 붙인다.
자꾸 하나 더 붙일수록
모래탑은 하늘로 치솟는다.

숫자를 터치하는 자동의 세계
기호를 가두는 비밀의 방
열쇠가 없는 문의 무늬는 알쏭달쏭하다.

중심의 둘레와 구석의 모서리를
더하고 빼고 곱하고 나눈다.

한쪽으로 쏠려 기울어지는 창을 떼어내고
앞뒤로 위아래로 벌어지는 벽을 허문다.

반지름의 발걸음으로 굴러가는

나의 바퀴는 중앙선 밖으로 떨어져 나간다.

달이 지름길을 놓치는 순간

원점으로 되돌려놓는 나를 뒤집는다.

나의 섬은 제로에 갇혀 있다.

스마일 마스크 증후군*

비상벨이 울리고
웃음을 잃은 눈빛이 비상구를 빠져나간다.

한마디 말의 총알이 가슴을 관통한 뒤
심장에 구멍을 뚫고 쏜살같이 가버렸다.

빗발치는 말의 총알이 머릿속에 박힌다.

웃을 수 없는 그녀의 마음에 맺힌 핏방울
이중 거울 속에서 그녀는 종이 웃음을 말아 올린다.

지나간 총알의 말을 베어 물고 입술을 깨문다.
핏방울이 가슴의 밑바닥에 홍건하다.

거울 속의 눈동자 속엔 어둠이 그렁거린다.

오늘도 고층빌딩의 엘리베이터를 타면
도시의 밤은 스마일 마스크 증후군에 걸린다.

* 스마일 마스크 증후군 : 웃고 싶어도 웃음소리가 나지 않고, 표정을 지을 수도 없는 일종의 병.

자기 고백의 저녁 불빛 속에서

말 없는 공기의 입이 말을 걸어온다.
눈을 뜨자마자 한 호흡,
나를 들이마시는 너를 내뿜는다.

새롭지 않은 똑같은 날이 새로운 눈썹을 붙인다.
어둠을 전송하고
해를 마중하는
이마의 온도는 올라가거나 내려가지 않는다.

가까이 다가서면 멀어지는 바람을 떠나보낸 뒤
나는 너를 닦아주는 유리창으로 안을 살피면
공기의 말이 사람들에게 눈빛을 보낸다.
틈 속으로 시간의 자국들은 사라져간다.

불투명한 이중 유리창 안에서 나는,
입가에 꽃잎을 피워 올리고
오늘 너무 많은 말을 했나요?
나도 모르게

혀끝이 조금씩 닳아 버렸나요?

어느 날 아침, 맨입에서 말이 나오지 않는다 (?)
하트를 그리며 눈빛만으로
고마워요,
미안해요,
너를 빨아들이는 나를 훔쳐본다.

집으로 가는 나, 맨입에 죄송해요.

제3부

식물성의 어둠 속에서

유리병의 몸속에서

네모보다 타원의 방식을 선호한다.

자신의 몸을 둥글게 말고 허공에 떠 있다.
어쩌다 눈치 없이 살짝 건드리면
톡톡 불거지는 유리병 속의 부리
풀의 잎은 새의 입

물 한 컵 조용히 마시는 공복의 아침,
붉은 입이 찰랑찰랑 흔들린다.
물방울 또르르 구르는
입술 위의 꽃잎은 독백의 푸른 말

울퉁불퉁해진 하루의 얼굴을 매만져보고
형식적인 질문을 던지는 사람의 눈길 속에
새로운 오늘의 옷을 갈아입는다,
여기저기 달음박질치는 새의 노래는

하오의 햇살 속으로 빨려 들어가는 나무 그늘을

재빠른 두 손이 끄집어낸다.

내일보다 한 걸음 뒤처진 두 발을 다그친다.

쉴 틈 없이 흘러가는 구름의 방

비명이 터지는 검은 그림자

거울 쪽으로 고개를 돌리고 있다.

새들이 유리병 속의 노을을 물고 날아간다.

예각을 버리다

나의 눈동자는 너의 등을 바라본다.
모난 정면과 뒷면이 이중의 예각으로 겹쳐진다.

각진 옆면이 굴절된 유리 벽을 읽는다.
나의 어깨와 너의 등이 환해질 때까지
불빛이 흐르는 얼굴의 미간을 넓힌다.

나는 발톱을 찧으며 공중으로 날아가고
너는 어둠으로 내려앉는 비상구 쪽으로 숨는다.

계단 위에 발을 올려놓고 숨을 고른다.
눈시울을 붉히는 창밖의 네온사인,
사람들의 흔적으로 흥건해진 실내의 복도 바닥,
나와 너의 발자국이 투명해질 때까지
먼 곳으로 흘러가는 빛을 훔친다.

둥근 기둥에 기대어 유리의 눈을 만져본다.
우글쭈글해진 정면에 자란 잎을 솎아내고

비뚤어진 뒷면에 찍힌 꽃무늬를 뜯어낸다.

겹쳐진 예각이 지워진다.

흰 마스크 위 눈가에 번지는 핏빛 꽃물,

붉은 꽃을 매단 사람들의 가슴 속으로 스며든다.

얼굴을 감춘 작은 새,

유리 벽에 찰싹 달라붙어 파닥거린다.

사각 이중 유리창 너머의 저녁

타원형 창틀 밖으로 새어 나간 불빛 한 줌,
네모진 실내의 공간 속으로 몸을 밀어 넣었다.

망막을 통과하는 저녁의 노을빛 이중 유리창 너머
어둠을 잠근 문은 열리지 않았다.

창안에서 한참을 서성거리는 낯선 사람들의 눈빛,
주사기의 눈금을 가리고 주사위를 던졌다.
심장 적중의 확률을 상상하면서

층과 층 사이의 틈을 비추는
실내의 불빛이 휘어진 복도 쪽으로 물처럼 흘러내렸다.
느린 발걸음은 빗금 친 출발선을 놓치고
계단 트랙을 돌다가 다시 원점으로 돌아갔다.

대화록의 잠금장치를 풀지 못하고
이중으로 걸어놓은 비밀번호는 해제되지 않았다.
일그러진 표정을 숨기고

당신의 비밀을 지퍼처럼 채웠다.
하얀 방의 상자 속에 갇혀 할 말을 잃었다.

찬바람에 에어캡을 붙여놓은 창문이 덜커덩거렸다.
검은 공기 입자가 숨구멍을 닫아버리는 순간,

낯선 사람들의 눈빛과 거리를 둔
검붉은 사각 이중 유리창의 저녁이 되었다.

식물성의 어둠 속에서

문을 걸어 잠그면
방안은 다른 불빛으로 채워진다.
벽을 타고 뻗어가는 줄기를 잘라내도 한층 더 푸른 잎을
펼친다.

어둠의 터널을 빠져나갈 때까지 바람에 파르르 떨고 있는
잎처럼, 빛은 사람의 정신을 곧추세운다.

구부러진 등에 흘러내리는 불빛은, 발을 빠뜨린 깊은 구
멍 속으로
희미해진 그림자를 끌고 사라져간다.

유리 창문에 심장을 대고 톡톡 두드리는 노크 소리,
창밖의 소란을 잠재우고 방안의 고요를 뒤척거린다.
가슴 밑바닥에 가라앉는 숨소리가 나직하게 들려온다.

물방울이 똑똑 떨어지는 기척에 온몸이 젖는다.
정수리 위에 홀로 반짝이는 빛 한 점으로

두 눈을 안대로 가린 한 사람의 뒷모습과 마주친다.

붕대를 동여맨 나뭇가지의 귀에 걸린
서로 잡을 수 없는 손을 맞댄 유리창을 바라본다.
거울 속 어둠으로 밀봉된 얼굴,
진홍빛 잔광을 지우는 블라인드 뒤에 숨는다.

노크하지 않는 창문을 달고
여닫을 수 없는 시간이 신발을 벗는다.

연보랏빛 메일을 날린다?

삼월인데도 가슴에 꽃이 피지 않는다.
입 다문 꽃씨의 말을 혀 밑에 감추고
껍질로 둘러싸인 온몸을 긁는다.

아직도 피어나지 않는 꽃,
가슴에 두 손을 얹고 그녀의 숨소리에 귀를 기울인다.
나는 그녀에게, 그녀는 나에게 간격을 좁히며
말문을 여는 숨구멍에 연둣빛 숨을 불어넣는다.

빗물에 질퍽거리는 발목을 부여잡고
봄의 체온으로 풀리는 몸
겨드랑이에 매달린 꽃망울이 봉긋해진다.

갈비뼈에 걸린 달이 새하얗게 질린 채
노크도 없이 불 꺼진 방을 지나가면
낡힌 벽면에 풍선처럼 부풀어 오르는 어둠의 부피,
새근새근 숨을 쉬는 꽃눈의 입김으로 환해진다.

벚나무 가지가 찬바람에 흔들리며 콜록거린다.

도심의 거리는 봄비의 비명을 부둥켜안고

임시 휴점 중

아롱거리는 아지랑이 꿈속에 잠겨

나는 나에게 연보랏빛 메일을 날려 보낸다.

번호 인간의 비밀

안개의 섬에 당신을 은폐하고, 낙인을 찍고, 털버덕거리는 물갈퀴에 줄줄이 번호를 매긴다. 코로나바이러스감염증—19, 침방울 튀는 귀신 유령 같은, 숙주 아버지를 찾아 나서는 사람들, 최초 전파자는? 번호 인간을 양성 확진하고, 자가 격리하고, 병원의 음압병실로 실려 간다.

마스크와 고글을 쓰고 방호복을 입은 백의의 전사들을, 안개 속에서 바라본다. 어둠을 드리우며 주검을 송출하는, 폐쇄된 정신과 병동, 누군가 죽어서 이십 년 끝에 햇볕을 쬔다. 하늘공원 불구덩이에 연기가 피어오른다.

손을 씻고, 마스크를 쓰고, 악수를 하지 않고, 사람들과 거리를 둔다. 마트와 약국과 우체국 앞에 마스크를 사러 줄을 서고 기다린다. 우편물이 반송된다.

침방울 같은 빗방울이 뚝뚝 떨어진다. 다시 찾아오는 우수雨水가 창문을 두드린다.

수평선 너머 박쥐가 운다.

마스크의 방식

입을 가리고 두 눈으로 사람과 거리를 오독한다.
너는 번역할 수 없고
나는 아무것도 말할 수 없다.

봄날의 건반을 두드리는 열 손가락이 사람의 눈빛을 연주
한다. 간직된 너의 악보는 침울한 나를 백 퍼센트 방어할 수
있을까, 갈피를 못 잡고 이리저리 땅 위의 음계를 떠돌아다
닌다. 저희들끼리 똘똘 뭉친 유령의 꼬리는 기다랗고 잡히
지 않는다. 날개는 날아오를 때가 황홀하다. 자욱해진 공중
도시에서 껌처럼 씹는, 캔디처럼 빨아 먹는 잿빛 깃털이 풀
잎을 찌른다. 따끔거리는 목을 조여온다.

속눈썹 끝에 맺힌 이슬방울이 햇살에 어른거린다.
숨 가쁘다, 를 답답하다, 로 이해하는 황사 바람
KF94, 얼굴을 탕탕 쏜다.
날개 잃은 몸이 가볍다.

비대면으로 호젓해지는 사이

이름을 부를 수 없는 오늘의 시간 속으로 멀어져가요.
손으로 만질 수 없는 나는,
창안에 갇혀 사계절을 놓쳐버렸어요.
말할 수 없는 유리 벽 앞에서
서로 마주할 수 없는 쓸쓸함으로
마스크 속에 가려진 얼굴을 떠올려보아요.
하나의 공간을 나누는 전면 아크릴 칸막이 너머
무표정으로 굳어진 어두운 마음을 디자인해요.
어깨와 팔이 닿지 않는 앞과 뒤, 옆으로
알코올 냄새를 풍기는 꽃향기가 공중에 흩어지고
가슴에 고이는 봄날의 슬픔을 만지작거려요.
직면과 곡면을 타고 흐르는 그리운 눈빛 속에
점점 깊어가는 간절함으로 한낮의 태양을 묶어놓아요.
창밖 나무들은 물관의 수액을 길어 올리고
여름이 지나간 뒤에 가을이 돌아올 때까지
가지에 매달리는 붉은 열매를 기다려요.
바람이 떨어뜨린 분꽃 씨앗 하나 추억으로 여무는
달빛 아래 까만 점으로 박혀요.

격리된 새들은 허공에 떠 있는 불안을 한입 물고

낮은 목소리로 호흡을 가다듬어보아요.

기다림으로 기울어지는 그믐의 얼굴로

어둠 속에서 오늘의 안부를 물어보아요.

다시 예전으로 돌아갈 수 없는 시간 속으로

함박눈을 맞는 돌 속의 꿈이 빙점 이하로 갑자기 떨어져요.

폭설에 발이 묶인 겨울밤의 어느 지점 사이

내일로 가는 길이 끊긴 검은 숲속으로 사라져요.

꽃의 작화作話*

초승달은 말문을 닫은 꽃의 입
장미 옆에 담벼락 옆에 문 옆에
붉은 입술을 걸어놓는다.

찢어진 붉은 입술은 혀를 내밀어
몇 마디 단어를 조각조각 꺼낸다.
닫힌 문의 입이 삐꺼덕 열리고
없는 것을 있는 것으로 버전을 바꾼다.

기억의 뿌리에서 뻗어나가는 초록 줄기의 거짓말
검붉은 입속에서 별똥별 떨어진다.

한참 끊어진 문장이 다시 이어진다.

수많은 가시로 찔린 장미 덩굴의 맨발
기억의 집 옆에 나무 옆에 사람 옆에
없는 것이 있다.
있는 것이 없다.

핏방울 맺힌 발목에 불빛을 감고

물의 언어를 건넌다.

꽃 핀 벽의 그림자가 물결로 흔들린다.

* 작화作話 : 자기의 공상을 실제의 일처럼 말하면 자신은 그것이 허위라는 것을 인식하지 못하는 정신병적인 증상.

해마 속 검은 꽃

창가에 검은 꽃잎이 매달려 있다.
휘어진 나뭇가지에게 질문을 던진다.

'예'와 '아니오' 둘 중에 한 가지 선택은 꽃나무의 화법이다.
내가 '예'라고 말하고, 네가 '아니오'라고 읽는다.
네가 '아니오'라고 대답하면, 나는 '예'라고 응답한다.

햇살을 따라 제자리를 빙빙 도는 해바라기 병실의 꽃시계,
'예'와 '아니오'를 수없이 삼키고 뱉어내는 동안
처방전은 파란 알약에 붉은 열매를 하나 더 추가한다.

흑백 필름으로 돌아가는 해마 속 검은 꽃
'아니오'와 '예'를 일시에 뒤집으며 서로 화답한다.

흰 벽의 뒷면 쪽으로 검은 말을 숨기고
참말과 정면으로 대치하는, 헛말의 문은 어디서 열리는
것일까?

치음과 순음 사이로 새어 나가는 모음들을 지키는 이빨들
꾸미지 않는 숨소리는 헛도는 기억을 꿰맞춘다.

미래에는 틀린 오답으로 더 많이 말하지 않을래?
마지막 대답을 피한다.

언제 또 올 거야?

골목 바닥과 출입문이 맞닿는 노인요양원,
앵무새가 입을 벌린다.

어쩌다 꼭 그녀였을까, 그녀는 목소리를 먹는 앵무새,
"아, 에, 이, 오, 우", "하, 헤, 히, 호, 후", "볼을 두드리며
터트려요."
풍선을 만든 두 볼을 만지며 "빨리빨리"

물기가 마른 선풍기 바람 속에 고개를 절레절레 흔든다.
"조금, 더 크게, 길게 뱉어내 봐"
벌룽벌룽하는 입이 침을 흘린다. 소곤소곤 목소리를 말아
먹는다. "아까 뭘 먹었지?" 혀를 내밀며 앵무새처럼 몸을 떤다.

발아래 은빛 비늘이 떨어진다.
은빛 비늘은 날개가 없다.

색다른 표정을 감춘 그녀의 깃털은 파랑과 노랑과 빨강?
눈과 목 밑의 붉은 줄무늬가 칠면조처럼 부채를 펼친다.

발꿈치 힘줄을 당기며 꽁지를 편다.

'나는 열일곱 살이에요', 노래의 음률에 맞춰 율동을 한다.
"와아", 함성을 지르며 다 같이 짝짝짝짝
양미간에 꽂히는 시선이 정문 밖 길의 끝 쪽으로 향한다.
"언제 또 올 거야?, 자주 놀러 와."

한 시간 동안, 앵무새는 웃음을 나눠 먹는다.

하하하, 웃음치료사와 함께

둥근 창문의 손으로 파란 하늘의 입꼬리를 치켜올린다.
입안에 떠오르는 무지개가 하하하,
박수를 친다.
손을 빠르게 털고 깍지를 끼고 양팔을 펴고 쭈욱 쭉쭉쭉,
어깨를 앞뒤로 돌린다.

그는 내 앞에서 하, 크게 소리를 질러보라고 한다.
나에게 목소리가 너무 작아요, 더 크게, 하, 하, 하,
나는 꼴깍 목구멍으로 넘어가는 작은 목소리를 삼킨다.

대화는 서로 눈, 코, 입이 닮게 한다.
웃음이라는 것도 마찬가지?

배꼽 아래 기를 모으고 하하하,
함박꽃나무가 이빨을 드러낸다.
먼저 웃는 햇살이 가지의 딱지를 긁어낸다.
찡그린 구름이 달아난다.

내가 울음보다 웃음으로 피어나는 순간
먼저 웃지 않는 거울* 앞에서
나를 잃어버린 얼굴이 나를 찾는다.

고드름 같은 웃음과 울음을 입가에 달고
손바닥을 비비는 나의 숨결이 뜨거워진다.

살짝 미친 듯 스마트폰을 들고 하하하,
해바라기의 입이 귀에 걸린다.

* 먼저 웃지 않는 거울 : 웃음치료사 강사 강의 내용에서 인용.

착시

약한 부분은 굴절하지 않았다.

한 송이 꽃이 귀를 열고 있다.
속눈썹에 달린 연초록 문양을 겹쳐놓는다.

부러진 나뭇가지가 흔들리고
아래를 내려다볼 수 없는
무릎이 깨어진 여자의 비명을 매달고 있다.

꽃의 시선이 지상에서 멀어진다.

흐린 허상 뒤에서 휘어지는 나무의 등
황사 바람이 하루의 페이지를 넘기고
몽상에 잠긴 달은 불시착하지 않는다.

초점의 각도가 기울어지는
휘어지면서 꺾어지는 여자의 시간이
창문 간유리에 일렁거린다.

안쪽은 햇빛이 통과하지 않는 껍질의 어둠

비구름의 날들이 렌즈의 배경을 빠져나간다.

제4부
파워포인트, 물수제비 뜨다

육체

검은 눈동자에 붉은 열매가 맺혀 있다.

갈바람 부는 나뭇가지의 행간 속으로
떨어진 열매의 발자국을 좇아간다.

또 달의 어둠을 갉아먹는다.

겨우 상처를 덮고
손금처럼 갈라지는 길
푸른빛으로 일어서는 언어의 숲

마음속 풍경의 바깥으로
두꺼운 각질을 남기고
붉은 열매들이 물집을 터트린다.

짓밟힌 손바닥으로 핏빛을 훔친다.
안기는 발바닥이 길을 잃는다.

언어의 날갯죽지 밑에서

몸을 웅크린 새들이 열매를 떨어뜨린다.

파워포인트, 물수제비 뜨다

새 슬라이드가 나의 양어깨에 창을 달아준다. 내 안의 나를 클릭해 보면 명암은 조금씩 다르다. 혹시나 그림의 색상이 짙어지면 창안의 바탕 화면에 목선이 긴 새 문양을, 둥근 조약돌 도형을, 나무와 꽃을 오려 붙이기도 한다.

창밖 거리의 풍경은 출근하는 사람들과 등교하는 아이들과 길 위를 달려가는 자동차와 버스와 전철의 속력으로 덜커덩거린다. 새 슬라이드 속으로 지나가는 고층빌딩 숲속의 배경을 캡처한다. 순간순간 블라인드 뒤로 표정을 감추고, 낮과 밤의 시간을 흘려보낸다. 해와 구름 사이로 맑은 날과 흐린 날이 교차한다. 가끔 시간이 무료해지면 돌 속에 별과 달을 새겨넣기도 한다.

물안개에 젖어 나의 발길이 되돌아 나올 수 없는 그곳, 일출을 기다리는 새들의 이름을 불러본다.

하루를 시작하는 첫 페이지가 마지막 페이지로 넘어가고, 현재의 시간과 공간의 시점은 걸어온 길로부터 멀어져간다.

94

마디가 굵어진 손가락이 돌의 각을 깎아낸다. 빛이 날아가는 쪽으로 발가락 없는 발자국을 지우고, 새들의 노랫소리가 널리 퍼져나가도록 바람의 옷자락을 잡아당긴다.

내 안의 새 슬라이드가 날개를 달고 상상 속에서 스케치한 컷, 일기예보처럼 내일은 비가 내리면 미리 예약한 일정을 취소하고 좀 쉬어야겠다.

꽃잎 풍선

아직 봉오리가 맺히지 않는 꽃의 숨결이다.
바람이 입김을 후후 불자 입안의 말이 쏟아진다.

형광등 불빛을 매단 공중 도시
무표정해진 쇼윈도 마네킹은 회색빛 고요로 가라앉고
커튼처럼 광고 전단지가 유리창에 걸려 있다.

시간의 페이지에 접어둔 언어의 빛깔
딱풀처럼 진득하게 달라붙어 있다.
한참 망설이며 머뭇거리는 꽃샘바람의 손
햇살의 등에 기대어 어깨를 툭, 친다.

두 팔을 벌린 나무의 호흡 속으로
광, 터지는 울음과 깔깔거리는 웃음소리
귓바퀴를 세우고 숨을 모은다.
손과 발이 닿을 수 없는 먼 곳으로 날아간다.

콘크리트 숲속 행간을 메우는 나뭇가지

껍질을 뚫고 돋아나는 꽃망울

햇살을 받아 적는 흉터가 환하다.

문과 창이 3월의 바람을 밀고 당긴다.

생활 다이어리를 넘기다

공기의 혀가 먼지의 냄새를 핥는다.
실내를 비추는 불빛을 당긴다.

CCTV 적색 눈빛은 24시간
블라인드를 친 유리창 안으로 꿰뚫어 본다.

보푸라기 핀 검은 커튼을 투사하고 싶은
먼지 뒤집어쓴 시계태엽의 불안을 감고,

마지막 순간을 놓는 호흡처럼
바람의 손은 방향을 바꾼다.
서쪽으로 기운 방의 각도에 한 발짝 뒤로 물러선다.
불투명 유리 벽 안에서 파닥이며
속도를 조절하며 공중 도시 속으로 사라진다.

누군가 광화문 거리에 숨겨둔 기쁨과 슬픔을 꺼내어
보도블록을 깨고 있다.

도심에 떠도는 먼지의 빛깔과 공기의 향기,
메마른 도시의 배경을 덧칠한다.

전기밥솥처럼 끓는 하루의 눈빛은 붉다.

뭘, 골똘하세요?

햇살과 바람과 같이 산책로를 걷지 않을래요?

숲속에서 휴식 시간 30분,
여자는 봉화산 봉수대공원에 자리 잡은 인공폭포를 바라
본다.
절벽 아래 떨어지는 하얀 물줄기 속에 마음을 담그면
몸속 흐르는 혈관의 피가 맑아진다.

연못에 100원짜리 동전을 던지듯
물장구치는 햇살이 수조 속으로 풍덩 뛰어든다.
시멘트를 바른 바닥은 한결 따스해진다.
수직으로 낙하하는 물줄기의 낙폭을 갈라치기 하지 않는다.

여자는 잠시 자신을 내려놓고 물의 노래를 받아 적는다.
빌딩 숲속에서 절벽 같은 등을 맞대고
콘크리트처럼 딱딱해진 가슴을 비벼댄다.
발목에 바람을 감고 계단을 넘어 뛰어
맨 마지막까지 몸과 영혼을 싣고 날아가는 새를 닮고 싶어요?

벼랑에서 뛰어내리는 물의 힘이 뿌리를 적실 때까지
어질어질 현기증 앓는 나뭇가지가 휘청거린다.
껍질 속에 부화하는 하얀 알,
햇살의 품에 안겨 날개를 푸드덕거린다.

벚나무 그늘 아래서 모이를 찾는 비둘기,
여자의 구두코를 쪼아대는 부리의 대립각이 뾰족하다.
그녀와 그림자는 나란히, 오후 1시 해시계 방향으로 눈빛
을 보낸다.

뭘, 골똘하세요?
등 뒤에서 들리는 물소리가 도시의 랜섬웨어 밖으로 흘러
나온다.

탁상이 좋아요

내가 보이지 않는 길 앞에서
마음속의 나를 찾아본다.

하얀 얼굴에 박혀 있는 주근깨 같은 아라비아숫자의 표정
새로운 첫날의 안부와 한 달 마지막 날의 발자국을
열두 달 시간의 눈동자 속으로
자신의 모습을 복사한다.

벽보다는 탁상을 더 좋아해요.
은행에서 1년 만기 정기예금에 넣고 받았어요. 올해 부자
되세요. 탁상에 앉아 있는 당신을 바라보는 것으로 흐뭇해
요. 방과 거실을 연결하는 벽은 딱딱하고 사계절 풍경을 걸
어 놓은 탁상이 좋아요. 이자를 계산하지 않는 탁자와 모서
리를 맞댄 책상 위에 미소를 머금은 당신의 눈과 입이 꼬리
를 치켜올리고 귓속말로 소곤거려요.

사람과 가옥과 꽃과 나무가 서로 이웃하고 샘터의 물방울
이 마른 목을 축여주어요. 유년의 꿈을 그린 동화 같은 화가

의 차분하고 따뜻한 이야기를 들려주어요.

사거리 건너편에서 우리의 주 고객인 나에게 손짓해요.
오피스 빌딩 1층 국민과 신한과 농협과 함께 인사를 나누어
요. 그들은 저마다 자기들의 빛깔로 꾸미고 바람결에 찰랑
거려요.

무엇인가를 채우는 통장이, 핸드백 안의 지갑 속 카드에게,
해처럼 떠오르는 당신의 덕담은

유리 벽을 쳐다보는 빌딩 숲속의 눈빛이 창문 쪽으로 기
운 새들의 그림자를 흔들어요. 균형 잃은 각자의 자리가 불
안해요. 안간힘을 다해 날개의 중심을 잡아보아요. 벽에 걸
린 거울 밖으로 신음소리가 흘러나와요. 후회와 반성을 빨
아들여요. 플라스틱 빨대처럼

줄줄이 달린 구슬 같은 검은 푸른 붉은 눈동자
초침과 분침과 시침으로 째깍거리는 시계 같은 당신,

책상 서랍 속에 꼭꼭 몸을 숨기는

나의 시간은 또 가고 있나요.

나는 커튼을 바꾼다

커튼 밖으로 나를 끄집어낸다.

시작은 설렘과 긴장으로 몸을 움츠린다.
출발은 기대하는 방향으로 흘러가지 않는다.

맨손이 시린 발을 감싼다.
바람이 떨며 흙탕물 위를 걷는다.

내면의 목소리는 톤을 낮추며 가라앉는다.
주위를 살피는 눈빛의 예감은 빗나간다.

아무도 빗금 친 까닭을 묻지 않는다.
그림자는 커튼의 경계를 넘나든다.

다시 햇살의 페달을 밟으며
나는 어느새 요일의 자리를 바꾼다.

토요일의 커튼 속으로 비시적인 나를 가둔다.
일요일의 방은 소소하고 시적이다.

터널을 지나가는 스크린도어

투명 절벽이 사람들을 향해 빛을 쏜다.

서로 엇갈리는 출발점과 도착점

불투명의 오늘이 급행으로 갈아탄다.

러시아워 때 푸시맨은 손을 내밀어

나의 등을 떠밀며 유리문 안쪽으로 밀어 넣는다.

시차를 세며 나를 환승한다.

나를 꿰뚫고 지나가는 빛의 속도는

정차하지 않는 역을 껑충껑충 건너뛴다.

어둠의 터널을 건너가기 위해

마음보다 몸이 먼저 골짜기를 지나간다.

거인처럼 서 있는 투명 절벽의 협곡 속으로

나는 일 분 안에 사라진다.

종유석처럼 천장에 매달린 불빛을 머리에 이고

차량 안의 사람들 사이에 끼여 어깨와 등을 부딪치며 흔
들린다.

터널은 끊임없이 몸과 영혼을 빨아들인다.

하얀 자갈돌의 눈빛이 반짝거리는

선로 위로 굴러가는 바퀴 소리의 노래가 귓속에 고인다.

속력을 다해 밀고 당기는 투명 절벽의 힘

아무리 스마트폰 벨 소리가 울려도 감긴 눈꺼풀은 떠지지 않고

최대한으로 버텨도 열린 입은 닫히지 않는다.

언제 나를 내려놓을 수 있겠니?

누군가의 뜨거운 숨결이 어두운 계곡에 툭툭 떨어진다.

미완성의 그림자가 내 마음에 찍힌다.

블랙 프라이데이

비를 맞는 광장의 당신은
우리를 구경꾼으로 초대한다.

아침의 해는 꼬리를 감추고
오후의 구름은 우산을 펴 들고 있다.

당신의 입은 물고기의 아가미를 닮아간다.
비늘을 번득이며 가시 돋친 신경전을 벌인다.
당신은 왜, 여기 있지?

등을 돌리며 다그친다.
나가려면 빨리 나가세요.
헤어지는 거 서두르지 않겠어요.

이중의 암벽에 부딪치는 물고기의 말,
저 진실은 거짓, 이다, 아니다.
이 거짓은 진실, 아니다, 이다.

바다의 수평선에 먹구름이 걸려 있다.

그래프는 끝없이 출렁인다.

어둠이 내리는 지평의 저지선을 넓힌다.

우리는 파도 위에 물거품으로 사라진다.

아침뉴스의 채널을 돌립니다

공중에 불꽃이 튑니다.
수십 발의 비명소리
밤의 키보드는 발자국 위에 붉은 꽃잎을 찍어놓습니다.

저것은 사람의 마지막 숨결 소리
지상의 나무는 부서지거나 깨진 조각
순식간에 쓰러집니다.

지구 반대쪽의 우리는 겁에 질린 방관자
피 묻은 찢긴 새의 날개를 주섬주섬 챙겨 넣습니다.
횡격막 밑에 고여 있는 새의 울음을 훔칩니다.

시곗바늘은 멈추지 않습니다.
우리는 시계 방향으로 돌아갑니다.

지금 세계는 혼돈의 소용돌이
심장을 향해 과녁을 맞춥니다.

새벽이슬에 젖은 붉은 꽃잎이 뚝뚝 떨어집니다.
콘크리트 벽 속으로 장미꽃이 가시를 숨깁니다.

죄송합니다.
담담하게 아침뉴스의 채널을 돌립니다.

해가 바라보고, 꽃이 뒤돌아보아요

나는 바라보고, 당신은 뒤돌아보는 꽃나무
서로 눈길을 주지 않고 슬쩍 비켜 지나간다면
해시계를 쳐다볼 수 없어요.

나의 안쪽은 내 안의 물음으로부터 시작하고
당신의 바깥은 창밖의 좁은 골목 끝에서 막히지요.

가지는 바람에 휘어지고 부러지고
풍경 속의 배경으로 어두워지면
공중정원은 소멸의 과정을 닮아가지요.

누진 다초점 렌즈 안경을 끼고 들여다보면
껍질 속에서 꽃망울이 안경알처럼 볼록해져요.

꽃이 나무를 바라보고, 나무가 꽃을 뒤돌아보아요.
빛의 속도로 날아가는 빌딩 숲속에서
내 안의 나무는 허공을 키우지요.

해가 바라보고, 꽃이 뒤돌아보는 유리 벽 안에서
숨을 할딱이며 뻗어나가는
덩굴손 줄기가 파란 손을 내밀어요.
붉은 반점이 돋는 맥을 짚어보아요.

꽃나무는 해시계 쪽으로 태엽을 감고
낮과 밤은 지구본에 나를 말아 넣고 돌아가지요.

돋보기로 흐릿해진 좁은 길을 확대해 보아요.
구름 한 벌 입은 그림자가 햇살을 쫓아가고 있어요.

······ 그러나, 그럼에도, 그러므로 ······

임지훈

(문학평론가)

시인의 언어는 불친절하다. 구태여 설명하지 않더라도, 이 말에 공감하지 않을 이는 없으리라. 오늘 우리가 마주한 이 시인 또한 마찬가지이다. 그의 언어는 부러 친절하지 않으며, 외려 자신이 말하고자 하는 바를 위해 그러한 불친절을 향해 우직하게 나아간다. 그러나 나는 오덕순이라는 시인의 언어가 갖는 불친절함에 대해서 조금쯤 상세한 이야기를 해보고 싶다. 아마 그러한 이야기를 하기 위해서는 먼저 친절한 언어라는 게 무엇인지에 대해 먼저 말해보아야 하리라.

언어의 목적은 의사소통이다. 의사소통은 정보의 전달을 목적으로 한다. 정보를 전달하기 위해 우리는 상대에 맞춰 언어를 정련하고 재단하는 것이다. 그러나 여기에는 함정이 있다. 만약 전달하고자 하는 정보가 정련되고 재단될 수 없는 복잡한 성격의 것이라면? 혹은 우리가 전달하고자 하는 정보의 형태가 언어화될 수 없는 특수한 성격의 것이라면?

그때 우리는 두 가지 선택지 가운데 하나를 선택해야 하는 딜레마에 놓이게 된다. 하나는, 정보의 손실을 각오하고 이를 언어화하는 것이다. 놀랍게도 인간 사회에서 많은 수의 의사소통은 정확한 언어에 따른 올바른 정보 전달이 아닌, 이러한 손실을 각오함으로써 이뤄진다. 그렇기에 우리는 서로를 오해하고, 자신의 의사에 맞춰 상대의 언어를 취사선택하며, 한껏나 아닌 타인의 언어를(어쩌면, 심지어는 자신의 언어마저도) 오인하며, 때로는 그것을 믿고 증오한다. 그것을 각오할 수 없다면, 우리는 두 번째 선택지를 고르는 수밖에 없다. 침묵하기. 손실 없이 말할 수 없는 것 혹은 언어화될 수 없는 것에 스스로 입을 다묾으로써 언어를 통해 온전히 전달할 수 없는 무언가가 '너'와 '나' 사이에 있음을 말하는 것이다.

그러한 의미에서 바라보자면, 실어증조차 그것을 앓는 개인의 문제에만 국한되는 것은 아닐 것이다. 언어가 우리의 생활세계 일반에서 발생하는 모든 사태를 포괄할 수 없다는 내속적 결함, 그 근본적인 사정에서부터 문제는 시작되는 것이다. 그렇기에 우리는 로만 야콥슨이 말한 바와 같이 은유와 환유라는 두 가지 방법을 통해, 온전히 말해질 수 없는 것을 최대한 온전히 말하고자 계속 노력해 온 것이 아닐까. 바로 이것이 시적 언어가 근원적으로 불친절할 수밖에 없는 이유이다. 시적 언어는 은유와 환유를 축으로 삼아, 전달하고자 하는 바의 손실을 감내하지 않으면서, 동시에 침묵하지도 않을 수 있는 제3의 선택지인 셈이다.

바로 이 지점에 오늘 우리가 마주한 시집, 오덕순의 『스탬프 씨, 안녕하세요?』가 갖는 함의가 숨어 있다. 그의 화자는 가독성 높은 일반적인 수준의 생활 언어를 활용하면서도 단어의 선택과 문법적 요소의 결합에 있어 기묘한 개성을 드러낸다. 그렇기에 화자가 전달하는 '말', 문장은 개별적으로 보았을 때에는 별다른 특이성을 드러내지 않으면서도 그것들이 모여 하나의 연을 이루고 작품을 구성하는 순간 기묘한 시너지를 일으킨다. 예컨대, 개별적인 문장 단위에서 축적된 언어의 결합을 통해 그 이상의 잉여적 에너지를 발생시키는 것이다.

그들은 물고기 모양을 A4용지에 찍고 있지요.
문서의 물고기는 어항 속의 금붕어를 닮았나요.
그날의 그들은, 그들만의 날짜를
한 손에 꿰차고 있지요.
아라비아숫자로 나열된 지느러미가 팔다리를 흔들어요.

그들은 자기들만의 작은 무늬를

자신을 닮은 그들만의 금붕어를

형형색색의 물감으로 그날만은

자신들의 이미지를 풀어놓지 않아요.

당신의 형상을 드러내는 상징물을 만들어보아요.

구체적인 서술어를 간략하게 해요.

금붕어는 새가 될 수 있나요.

날짜를 까먹은 당신은, 당신의 나이를 까먹어버렸나요.

어항 속에서 수평지느러미를 휘젓는 물고기는

비행기처럼 날아갈 수 없나요.

물속을 유영할 수 없는 모형 물고기와

하늘을 날 수 없는 모형 비행기 안의 그들은,

시간을 소모하며 날짜를 넘기고 있어요.

당신의 표정 없는 얼굴을 본뜨지 말아요.

그녀는 유리창에 입김을 불어 낙서를 남겨요.

안녕하세요? 당신은 말없이

그들의 자기들은 서로를 닮을 수 없는 작은 무늬들

어제를 지우고 오늘의 날짜를 찍고 있어요.

본 시집의 표제작이기도 한 이 작품은 오덕순의 시적 언어가 갖는 특질을 잘 보여준다. 가령 첫 연을 예로 들자면, 우리는 해당 연의 문장들을 읽는 데에 아무런 장애도 느끼지 않는다. 그러나 개별적인 문장이 모여 연을 구성하는 단계에 이를 때, 우리는 어딘가 기묘한, 불일치가 자아내는 풍경을 마주하게 된다. 예컨대 "그들은 물고기 모양을 A4용지에 찍고 있지요"와 같은 개별 문장은 그 자체로 읽고 그 의미를 이해함에 있어 아무런 무리가 없지만, 하나의 거대한 말뭉치를 이루어 그 가운데 하나로 배치될 때에는 이것을 온전히 이해하는 것에 어려움을 느끼게 된다. 왜냐하면, 독자는 이 말뭉치에서 등장하는 "그들"이 과연 누구를 지시하는 것인지, "물고기 모양을 A4용지"에 찍는 것과 같은 행동의 이유나 목적은 무엇인지, 그리하여 일련의 이미지들이 중첩되어 만들어진 하나의 상이 과연 무엇을 지시하는지와 같은 총체적 이해의 단계에서는 기묘한 불협화음을 감각하게 되는 것이다.

이 불협화음이 갖는 의미에 대해 살펴보려면, 시에서 제시되는 단어들과 술어들의 조합 방식에 주목할 필요가 있다. 이 시에서는 크게 2가지의 맥락이 서로 상충, 보합하며 일련의 시적 맥락을 형성한다. 하나는 A4용지나 스탬프, 문서와 같은 단어들로부터 그것을 찍고 만드는 행위를 통해 드러나는 관료

사회적인 맥락이고, 다른 하나는 물고기, 금붕어, 지느러미와 같은 단어들과 휘젓고 흔드는 행위를 통해 드러나는 자연물적인 맥락, 보다 정확하게는 물속을 유영하는 생물의 모습과 같은 맥락이 그것이다. 두 맥락은 서로 다른 층위의 것으로서 문명과 자연이라는 이항대립적 관계를 형성하는 동시에 한 자리에 덧씌워지면서 기묘한 정서적 풍경을 탄생시킨다. 예컨대 흔들리고 일렁이는, 흡사 현기증과 같은 순간이 계속해서 반복되는 가운데 그것이 일상이 되어버린 삶의 풍경 말이다.

어떤 의미에서 이러한 이미지의 결합은 착시적이다. 중요한 것은 이것이 착시적이기에 한 개인의 문제로 기각시키는 것이 아니라, 그러한 착시 속에서 현대 사회의 근원적인 모순이 포착된다는 점이다. 절대적이고 안정적으로만 보였던 관료사회적인 현대 사회가, 사실은 아이들이 손수 파낸 도장을 찍듯 일시적이고 불안정한 것들의 결합을 통해 이루어진 것이라는 사실이 바로 그것이다. 개성적인 단어의 선택과 문장의 결합을 통해 구성된, 현기증적인 이미지의 결합이 현대 사회의 단단한 표면을 벗겨내고 그 속에 감춰진 진실을 포착해 내는 것이다. 물론 그러한 언어는 친절하지 않다. 생활세계에 가까운, 우리가 일상에서 나누는 수준의 친절함을 가진 언어만으로는 현대사회의 단단한 표면을 벗겨내기에 적절하지 않기 때문이다. 그러므로 우리는 오덕순 시인의 언어가 갖는 특수한 속성을 단순한 불친절로 기각시킬 수 없는 것이다.

다른 측면에서 이러한 이미지들의 상충, 보합의 관계는 현실 그 자체의 모습이라기보다 화자의 내면을 경유한 일련의 심상이라 할 수 있을 것이다. 예컨대 화자의 눈에 비친 현실의 모습은 그 자체의 것이 아닌 내면이라는 렌즈를 통해 굴절되고 왜곡된 모습인 셈이다. 일종의 착시라고도 할 수 있을 그 이미지들의 중첩이지만, 중요한 것은 이러한 중첩 속에서 4연과 5연에서와 같이 현대 사회를 관통하는 기묘한 통찰을 이끌어내고 있다는 점이다. 그것은 금기와 모조, 미끄러지는 단어와 술어의 조합 속에서 화자의 시야가 맺은 문명사회의 방법론이다. 문명사회라 일컬어지는 우리의 생활세계 일반은 금기를 통해 테두리가 그어지고, 그 안에서 정답이라 일컬어지는 형상에 대한 반복적인 모조 행위를 통해 채워진다. 우리는 그 안에 있기에 그러한 모습을 낯설거나 잘못된 것으로 감각하기 어렵지만, 내면을 경유함으로써 문명사회로부터 비스듬히 미끄러지는 화자의 시야 속에서는 그 모순과 불투명성이 일련의 이미지의 중첩을 통해 날 것 그대로 드러나는 역설이 발생한다.

오피스 빌딩이 낮달의 등을 두드린다.
빌딩 숲 유리 벽에 걸린 새의 날개
무선 랜을 타고 물집처럼 부푼다.

햇살의 긴 혀가 나무줄기를 핥아댄다.

구멍 속에 부화하는 말의 씨앗
둥치에 꽂힌 어둠을 짚어낸다.

길을 잃어버린 바람 한 줄기
에스오에스 보낸다?

조각배 한 척 하늘의 선을 물고
파도 소리가 철썩거리는 허공에 닿는다.

　　　　　　　　　　　─「맑은 날의 스카이라인」 전문

　우리의 언어는 우리가 속한 생활세계 일반으로부터 지대한
영향을 받는다. 그렇기에 우리의 생활 언어는 자신이 속한 생
활세계 일반에 대해서는 무리 없이 진술할 수 있지만, 반대로
그 속에 새겨진 모순이나 균열에 대해서는 철저히 무력하다.
바로 여기에 오덕순의 시적 화자가 지닌 기묘한 화법의 이유
가 숨어 있는데, 그것은 생활세계의 모순과 균열에 대해 진술
하기 위해서는 언어의 화자가 그 현실로부터 비스듬히 비켜서
야만 한다는 점이다.
　따라서 오덕순의 시적 화자가 지닌 화법이란 그 자체로 시
적 화자가 현실의 모순과 균열을 조망하기 위해 선택한 방법
론이면서, 동시에 그가 일련의 생활세계로부터 미끄러지고 있
음을 증상적으로 보여주는 것이라 할 수 있다. 이를테면 현실

과 존재 사이의 불화라 할 수 있을 텐데, 위에 인용한 시는 그러한 화자의 중상적 일면을 잘 보여준다. 우리의 눈에 아무런 문제가 없어 보이는 일상의 풍경조차도 그러한 화자의 눈에서는 미끄러지고 물집이 부풀며 어둠이 쌓여가는 기묘하고 환상적인 순간으로 체감되는 것이다. 그리고 여기에서 우리는 한 지점에 주목할 필요가 있다. 그러한 기묘하고 환상적인 순간에 대한 진술 이면에 현실의 모순과 균열이 자리하고 있음을 넘어, 바로 그 지점으로부터 언어의 씨앗이 부풀어 오르고 있다는 사실이다.

문을 걸어 잠그면
방안은 다른 불빛으로 채워진다.
벽을 타고 뻗어가는 줄기를 잘라내도 한층 더 푸른 잎을 펼친다.

어둠의 터널을 빠져나갈 때까지 바람에 파르르 떨고 있는
잎처럼, 빛은 사람의 정신을 곧추세운다.

구부러진 등에 흘러내리는 불빛은, 발을 빠뜨린 깊은 구멍 속으로
희미해진 그림자를 끌고 사라져간다.

유리 창문에 심장을 대고 톡톡 두드리는 노크 소리,

창밖의 소란을 잠재우고 방안의 고요를 뒤척거린다.

가슴 밑바닥에 가라앉는 숨소리가 나직하게 들려온다.

물방울이 똑똑 떨어지는 기척에 온몸이 젖는다.

정수리 위에 홀로 반짝이는 빛 한 점으로

두 눈을 안대로 가린 한 사람의 뒷모습과 마주친다.

붕대를 동여맨 나뭇가지의 귀에 걸린

서로 잡을 수 없는 손을 맞댄 유리창을 바라본다.

거울 속 어둠으로 밀봉된 얼굴,

진홍빛 잔광을 지우는 블라인드 뒤에 숨는다.

노크하지 않는 창문을 달고

여닫을 수 없는 시간이 신발을 벗는다.

                              ─「식물성의 어둠 속에서」전문

　언어의 씨앗이 부풀어 오르는 자리, 그 자리로서의 어둠은
화자가 자신의 내면에 대해 진술하는 작품에서 자주 토로되는
지점이다. 그것은 화자라는 존재 자체에 달라붙어 있는 이물
질과도 같은 것이면서, 역설적이게도 시적 화자의 인격과 개
성을 구성하는 가장 중요한 특질로서 존재하고 있다. 위의 시

에서 어둠은 화자가 선 공간을 구성하는 것이면서 동시에 화자의 심장 안쪽 깊숙한 곳에 지울 수 없는 상흔의 형태로 각인되어 있는 것이기도 하다. 동시에 그것은 화자가 바라본 "거울 속 얼굴"이 밀봉되는 방식이기도 하다는 점에서 화자의 시야를 굴절시키고 왜곡시키는 원인이기도 하다.

이처럼 어둠은 화자의 내면과 외면 양자 모두에 존재하며, 안과 밖의 기묘한 일치 속에서 화자의 언어는 계속해서 나아간다. 그 방향은 "창문에 심장을 대고 톡톡 두드리는 노크 소리"와 같이 안과 밖의 경계 지점을 향하기도 하고, 때로는 '방'이 갖는 상징적 의미로 말미암아 화자의 내면 깊숙한 곳으로의 침잠으로 향하기도 한다. 마치 나선처럼, 화자의 안과 밖을 아우르며 나아가는 언어의 과정을 화자는 '시쓰기'라 명명하고 있는 듯하다. "마음속에 여문 시의 열매,/ 오랜 시간의 심층을 뚫고/ 껍질 밖으로 톡톡 터진다."던 시인의 말도 그러한 안과 밖을 동시에 오가는 글쓰기의 방법론을 제창하고 있는 듯하다.

이러한 까닭에 오덕순의 시는 바깥에 대한 통찰이 단순히 외부에 대한 것으로만 머물지 않고, 자기 내면에 대한 통찰 또한 자기 자신에 대한 한정적 이해로 수렴되지 않는다. 외부의 사물에 대한 통찰은 자기 내면에 대한 통찰과 공명하고, 내면에 대한 통찰은 바깥을 보는 시각을 매 순간 일신한다. 자기 내면에의 탐색과 외부 사물에 대한 통찰이 한데 엮이는 까닭에, 그리고 그것을 어떠한 손실 없이 정확하게 전달하고자 하는 까닭에 그의 시적 화자가 내미는 언어의 세계는 언뜻 불친절해 보일 수밖에 없는 것이다. 하지만 앞서 시적 언어가 근원적으로 불친절할 수밖에 없는 이유에 대해 말하였듯이, 그의 시적 화자에게 있어 중요한 것은 언어의 친절함이 아닐 것이다. 그보다 중요한 것은 자신이 감각하고 경험하는 내면과 외부 양측을 아우르는 현실의 감각을 정확하게 진술하는 일일 것이고, 이것은 뒤집어 말해 그가 시적 언어를 지팡이 삼아 불투명한 자신의 내면과 불분명한 외부 세계를 동시에 탐험하고 있다는 이야기이기도 하다.

자꾸자꾸 나는 휘어지고 꺾어진다.
지금 껍질 속의 나와 결별하는 순간이다.
물컹거리는 내피의 감촉은 출렁인다.

빌딩의 각이 서로 교차점에서 미끄러진다.
하늘정원은 소리 없이 흐르고
나무의 물관은 한때 슬픔이었던 물방울을 길어 올린다.

초롱초롱 눈망울은 새로움으로 반짝반짝 떠오른다.
연초록 바람은 멈추지 않는 끝없는 움직임이다.
햇볕과 어깨를 맞댄 나뭇가지를 쓰다듬는다.

당장 사라지는 나의 일각과 맞닥뜨린다.

검은 머리카락은 어둠을 삭인 빛의 흔들림이다.

그늘을 지우는 뜰이 비스듬하게 기울어진다.

몸을 던지는 봄볕의 결말은 슬프지 않다.

마음의 둘레에 눈빛을 꽂는다.

마지막은 늘 처음의 길로 돌아간다.

　　　　　　　　　　　　　　　—「줄기 속을 지나가는」 전문

그러니 우리는 그의 시적 화자가 "자꾸자꾸 나는 휘어지고 꺾어진다"고 말할 때조차도, 그것을 단지 화자의 내면에서 벌어지는 심리적인 문제로 축소할 수만은 없게 된다. 다른 시편들에서 보여지는 외부 사물과 화자의 내면에서 벌어지는 공명 현상은 여기에서 나타나는 그의 휘어짐과 꺾어짐 또한, 동시에 외부 세계에서 발생하는 현상적인 것과 공명하여 벌어지는 일이라는 것을 예감하게 만들기 때문이다. 그의 시적 화자가 결별하고 출렁거린다면, 그것은 현실 세계 또한 결별과 출렁거림을 반복하고 있기 때문이며, 반짝이는 것이 있다면 그것은 내면의 일이자 동시에 외부 세계에서도 동시에 발생하게 될 현상인 것이다.

외부와 내면의 절대적 상관관계를 포착하고, 이것을 가능한 손실 없이 전달하고자 하는 것. 그리하여 그렇게 탄생한 언어를 지팡이 삼아 어둠 속을 걸어가며, 다시금 그 어둠 속에서 시적 언어의 씨앗을 부풀려가는 일. 나는 그것이 바로 오덕순의 시가 지향하는 바이면서 동시에 그의 시 내부에서 발생하고 있는 기이한 현상적인 것이 아닌가 생각한다. 바로 그 여정을 통해 그의 언어의 물관은 "한때 슬픔이었던 물방울을 길어" 올려 하나의 이미지를 만들어 내고, 그 이미지를 통해 현실의 모순과 균열을 포착해 내며, 그 과정에서 얻은 또 다른 상처 하나로 피 흘리듯 맺힌 언어의 길을 다시금 정련해 가는 것이다. 물론 '언어'는 그 자체의 내속적인 결함으로 인해 그의 화자가 느끼고 경험하고 통찰해 낸 바를 온전하게 그려내지는 못할 것이다. 그러나, 그럼에도, 그러므로, 그의 화자는 계속해서 말하고 내면의 빛 속에서 한 줄기의 언어를 다시금 손에 쥘 것이다. ▨

| 오덕순 |

울산시 울주군 출생. 서울여자간호대학교 졸업. 한국방송통신대학교 국어국문학과 졸업. 경희대학교 행정대학원 병원행정 석사. 1980년부터 2005년까지 가톨릭대학교 성모병원 간호사. 2006년부터 2023년까지 보건소 금연클리닉 금연상담사. 1983년 『간호사신문』 제6회 간호문학상 당선. 2007년 『시사사』 신인상으로 등단했으며, 2019년 제5회 시사사작품상을 수상했다. 시집으로 『어느 섬의 나이팅게일』이 있다.

이메일 : odoh@daum.net

현대시 기획선 124
스탬프 씨, 안녕하세요?

초판 인쇄 · 2025년 4월 20일
초판 발행 · 2025년 4월 25일
지은이 · 오덕순
펴낸이 · 이선희
펴낸곳 · 한국문연
서울 서대문구 증가로29길 12-27, 101호
출판등록 1988년 3월 3일 제3-188호
편집실 | 서울 서대문구 증가로31길 39, 202호
대표전화 302-2717 | 팩스 · 6442-6053
디지털 현대시 www.koreapoem.co.kr
이메일 koreapoem@hanmail.net

ⓒ 오덕순 2025
ISBN 978-89-6104-382-3 03810

값 12,000원

＊ 잘못된 책은 바꾸어 드립니다.